KB122000

사랑해도
혼나지 않는
꿈이었다

사랑해도
혼나지 않는
꿈이었다

시요일 엮음

시
요
일

간신히 아무도
그립지 않을 무렵

벽 뒤에 살았습니다

언젠가 너를
잊은 적이 있다

그리운 차마 그리운

간신히 아무도
그립지 않을 무렵

어두워진다는 것

나희덕

웅
가만, 가만, 가만히 금이 간

5시 44분의 방이

5시 45분의 방에게

누워 있는 나를 넘겨주는 것

슬픈 집 한채를 들여다보듯

몸을 비추던 햇살이

불현듯 그 온기를 거두어가는 것

멀리서 은수원사시나무 한그루가 쓰러지고

나무껍질이 시들기 시작하는 것

시든 손등이 더는 보이지 않게 되는 것

5시 45분에서 기억은 멈추어 있고

어둠은 더 깊어지지 않고

아무도 쓰러진 나무를 거두어가지 않는 것

그토록 오래 서 있었던 뼈와 살

비로소 아프기 시작하고

가만, 가만, 가만히

금이 간 갈비뼈를 혼자 쓰다듬는 저녁

목
이
긴
새

천양희

물결이 먼저 강을 깨운다 물보라 놀라 뛰어오르고

물소리 몰래 퍼져나간다 퍼지는 저것이 파문일까

파문 일으키듯 물떼새들 왁자지껄 날아오른다

오르고 또 올라도 하늘 밑이다

몇번이나 강 너머 하늘을 본다

하늘 끝 새를 본다

그걸 오래 바라보다

나는 그만 한 사람을 용서하고 말았다

용서한다고 강물이 거슬러 오르겠느냐

강둑에 우두커니 서 있으니 발끝이 들린다

내가 마치 외다리로 서서

몇시간 꼼짝 않는 목이 긴 새 같다

혼자서 감당하는 자의 엄격함이 저런 것일까

물새도 제 발자국 찍으며 운다

발자국, 발의 자국을 지우며 난다

찔
레
꽃

송찬호

☿
초승달이 돋을 때쯤이면 너를 잊을 수 있겠다

그해 봄 결혼식 날 아침 네가 집을 떠나면서 나보고 찔레나무 숲에 가보라 하였다

나는 거울 앞에 앉아 한쪽 눈썹을 밀면서 그 눈썹 자리에 초승달이 돋을 때쯤이면 너를 잊을 수 있겠다 장담하였던 것인데,

읍내 예식장이 떠들썩했겠다 신부도 기쁜 눈물 흘렸겠다 나는 기어이 찔레나무 숲으로 달려가 덤불 아래 엎어놓은 하얀 사기 사발 속 너의 편지를 읽긴 읽었던 것인데 차마 다 읽지는 못하였다

세월은 흘렀다 타관을 떠돌기 어언 이십수 년, 삶이 그렇데 징소리 한번에 화들짝 놀라 엉겁결에 무대에 뛰어오르는 거, 어쩌다 고향 뒷산 그 옛 찔레나무 앞에 섰을 때 덤불 아래 그 흰빛 사기 희미한데

예나 지금이나 찔레꽃은 하얬어라 벙어리처럼 하얬어라 눈썹도 없는 것이 꼭 눈썹도 없는 것이 찔레나무 덤불 아래에서 오월의 뱀이 울고 있다

무화과
숲

황인찬

우
사랑해도 혼나지 않는 꿈

쌀을 씻다가

창밖을 봤다

숲으로 이어지는 길이었다

그 사람이 들어갔다 나오지 않았다

옛날 일이다

저녁에는 저녁을 먹어야지

아침에는

아침을 먹고

밤에는 눈을 감았다

사랑해도 혼나지 않는 꿈이었다

봄
비

박형준

오
사는 것이 바닥으로 내려가는 것과 비슷하다고

당신은 사는 것이 바닥으로 내려가는 것과 비슷하다고
했다. 내게는 그 바닥을 받쳐줄 사랑이 부족했다. 봄비가
내리는데, 당신과 닭백숙을 만들어 먹던 겨울이 생각난다.
나를 위해 닭의 내장 안에 쌀을 넣고 꿰매던 모습. 나의
빈자리 한 땀 한 땀 깁는 당신의 서툰 바느질. 그 겨울 저
녁 후후 불어 먹던 실 달린 닭백숙.

바
람
불
이

2

신 대 철

♀
길 가다 온몸 아려오면

흐르는 물 새로 만나면

물살에 따라나오던 얼굴

물 마르면서 억새에 붙어 있고

봄빛 타는 늪지에 묻어나고

흰제비란에 미간만 드러내네

나보다 먼저

바람에 불려가는 그대여

잘 가거라

길 가다 온몸 아려오면

그대 스친 줄 알리

다
음
에

박소란

Ŷ
나는 다음이라는 말과 연애하였지

그러니까 나는

다음이라는 말과 연애하였지

다음에,라고 당신이 말할 때 바로 그 다음이

나를 먹이고 달렸지 택시를 타고 가다 잠시 만난 세상의 저녁

길가 백반집에선 청국장 끓는 냄새가 감노랗게 번져나와 찬 목구멍을 적시고

다음에는 우리 저 집에 들어 함께 밥을 먹자고

함께 밥을 먹고 엉금엉금 푸성귀 돋아나는 들길을 걸어보자고 다음에는 꼭

당신이 말할 때 갓 지은 밥에 청국장 듬쑥한 한술 무연히 다가와

낮고 낮은 밥상을 차렸지 문 앞에 엉거주춤 선 나를 끌어다 앉혔지

당신은 택시를 타고 어디론가 바삐 멀어지는데

나는 그 자리 그대로 앉아 밥을 뜨고 국을 푸느라

길을 헤매곤 하였지 그럴 때마다 늘 다음이 와서

나를 데리고 갔지 당신보다 먼저 다음이

기약을 모르는 우리의 다음이

자꾸만 당신에게로 나를 데리고 갔지

꽃
피
지
않
았
던
들

이홍섭

☥
꽃 피지 않았던들 우리 사랑 헤어졌을까

그대 사랑

꽃 피는 바람에 사라졌습니다

꽃 피지 않았던들

우리 사랑 헤어졌을까요

밤에 듣는

빗소리, 천년의 시간을 펼쳤다 접는

저 연잎의 하염없음으로

우리 사랑, 밤을 건넜겠지요

그대 사랑

꽃 피는 바람에 사라졌습니다

꽃 피지 않았던들

우리 사랑 언제까지나

후두둑, 후두둑 피어났겠지요

꽃 피지 않았던들

꽃처럼 피어났겠지요

기
일(忌日)

강성은

宁
나를 내다버리고 오는 사람의 마음도

버려야 할 물건이 많다

집 앞은 이미 버려진 물건들로 가득하다

죽은 사람의 물건을 버리고 나면 보낼 수 있다

죽지 않았으면 죽었다고 생각하면 된다

나를 내다버리고 오는 사람의 마음도 이해할 것만 같다

한밤중 누군가 버리고 갔다

한밤중 누군가 다시 쓰레기 더미를 뒤지고 있다

창밖 가로등 아래

밤새 부스럭거리는 소리

바깥
에게

김근

오
너를 죽이면 나는 네가 될 수 있는가

너와 헤어지고 나는 다시 안이다 아니다

꽃도 피지 않고 죽은 나무나 무성한

무서운 경계로 간다 정거장도 없다

꽃다발처럼 다글다글 수십개 얼굴을 달고 거기

개들이 어슬렁거린다 그 얼굴 하날 꺾어

내 얼굴 반대편에 붙인다 안이 아니다

내 몸에서 뒤통수가 사라진다 얼굴과 얼굴의

앞과 앞의 무서운 경계가 내 몸에 그어진다

너와 헤어지고 나는 무서워진다

너를 죽이면 나는 네가 될 수 있는가

모든 안은 다시 바깥이 될 수 있는가

젖은 옷은 마르고

김용택

읗
너를 까맣게 잊고도 꽃은 피고

하루종일 너를 생각하지 않고도 해가 졌다.

너를 까맣게 잊고도 꽃은 피고

이렇게 날이 저물었구나.

사람들이 매화꽃 아래를 지난다.

사람들이 매화꽃 아래를 지나다가

꽃을 올려다본다. 무심한 몸에 핀 흰 꽃,

사람들이 꽃을 두고 먼저 간다.

꽃이 피는데, 하루가 저무는 일이 생각보다 쉽다.

네가 잊혀진다는 게 하도 이상하여,

내 기억 속에 네가 희미해진다는 게 이렇게 신기하여,

노을 아래서 꽃가지를 잡고 놀란다.

꽃을 한번 보고 내 손을 한번 들여다본다.

젖은 옷은 마르고 꽃은 피는데

아무 감동 없이 남이 된 강물을 내려다본다.

수양버들 가지들은 강물의 한치 위에 머문다.

수양버들 가지들이 강물을 만지지 않고도 푸른 이유
를 알았다.

살 떨리는 이별의 순간이

희미하구나. 내가 밉다. 네가 다 빠져나간

내 마른손이 밉다. 무덤덤한 내 손을 들여다보다가

네가 머문 자리를 만져본다.

잔물결도 일지 않는구나. 젖은 옷은 마르고

미련이 없을 때, 꽃은 피고

너를 완전히 잊을 때, 달이 뜬다.

꽃이 무심하다는 것이

이상하지 않다. 사랑은

한낱 죽은 공간, 네 품속을 완전히 벗어날 때 나는 자

유다.

네 모습이 흔들림 없이 그대로 보인다.

실은, 얼마나 가난한가. 젖었다가 마른 짚검불처럼 날

릴

네 모습은 얼마나 초라한가.

꽃이 때로 너를 본다는 걸 아느냐.

보아라! 나를

너를 까맣게 잊고도 이렇게 하루가 직접적인 현실이 되

었다.

젖은 옷은 마르고, 나는 좋다.

너 섰던 자리에 꼭 살구나무가 아니어도 무슨 상관이냐.

이 의미가, 이 현실이 한밤의 강을 건너온 자의 뒷모습이다.

현실은, 바로 본다는 뜻 아니냐. 고통의 통과가 자유 위의 무심이다.

젖은 옷은 마르고, 이별이 이리 의미 없이 묵을 줄 몰랐다.

꿈속으로 건너가서 직시한 저 건너

현실, 바로 지금 이 순간 꽃은 피고

젖은 옷은 마른다.

옛
노
트
에
서

장석남

♀
그리고 간신히 아무도 그립지 않을 무렵

그때 내 품에는

얼마나 많은 빛들이 있었던가

바람이 풀밭을 스치면

풀밭의 그 수런댐으로 나는

이 세계 바깥까지

얼마나 길게 투명한 개울을

만들 수 있었던가

물 위에 뜨던 그 많은 빛들,

좇아서

긴 시간을 견디어 여기까지 내려와

지금은 앵두가 익을 무렵

그리고 간신히 아무도 그립지 않을 무렵

그때는 내 품에 또한

얼마나 많은 그리움의 모서리들이

옹색하게 살았던가

지금은 앵두가 익을 무렵

그래 그 옆에서 숨죽일 무렵

작
별

이시영

☖
바람에게 건네주며
아주 멀리 데려가 심어달라고

민들레는 마지막으로 자기의 가장 아끼던 씨앗을 바람에게 건네주며

아주 멀리 데려가 단단한 땅에 심어달라고 부탁했습니다.

너는
봄이다

박신규

♀
네가 와서 봄은 오고
네가 와서 봄이 온 줄 모르고

네가 와서 꽃은 피고

네가 와서 꽃이 피는지 몰랐다

너는 꽃이다

네가 당겨버린 순간 핏줄에 박히는 탄피들,

개나리 터진다 라일락 뿌려진다

몸속 거리마다 총알꽃들

관통한 뒤늦게 벌어지는 통증,

아프기 전부터 이미 너는 피어났다

불현듯 꽃은 지겠다 했다

죽을 만큼 아팠다는 것은

죽지 않고 살아남았다는 것

찔레 향에 찔린 바람이 첨예하다

봄은 아주 가겠다 했다

죽도록, 이라는 다짐은 끝끝내

미수에 그치겠다는 자백

거친 가시를 뽑아내듯 돌이키면

네가 아름다워서 더없이 내가 아름다운 순간들이었다

때늦은 동백 울려퍼진 자리

때 이른 오동꽃 깨진다, 처형처럼

모가지째 내버려진 그늘

젖어드는 조종(弔鐘) 소리

네가 와서 봄은 오고

네가 와서 봄이 온 줄 모르고

네가 가서 이 봄이 왔다

이 봄에 와서야 꽃들이 지는 것 본다,

저리 저리로 물끄러미

너는 봄이다

벽 뒤에 살았습니다

사
랑
의
역
사

이병률

☿
잠시라 믿고도 살고
오래라 믿고도 살았습니다

왼편으로 구부러진 길, 그 막다른 벽에 긁힌 자국 여럿입니다

깊다 못해 수차례 스치고 부딪친 한두 자리는 아예 음합니다

맥없이 부딪쳤다 속상한 마음이나 챙겨 돌아가는 괜한 일들의 징표입니다

나는 그 벽 뒤에 살았습니다

잠시라 믿고도 살고 오래라 믿고도 살았습니다

굳을 만하면 받치고 굳을 만하면 받치는 등뒤의 일이 내 소관이 아니란 걸 비로소 알게 됐을 때

마음의 뼈는 금이 가고 천장마저 헐었는데 문득 처음처럼 심장은 뛰고 내 목덜미에선 난데없이 여름 냄새가 풍겼습니다

우리 살던 옛집 지붕

이문재

마지막으로 내가 떠나오면서부터 그 집은 빈집이 되었
지만

강이 그리울 때 바다가 보고 싶을 때마다

강이나 바다의 높이로 그 옛집 푸른 지붕은 역시 반짝
여주곤 했다

가령 내가 어떤 힘으로 버림받고

버림받음으로 해서 아니다 아니다

이러는 게 아니었다 울고 있을 때

나는 빈집을 흘러나오는 음악 같은

기억을 기억하고 있다

우리 살던 옛집 지붕에는

우리가 울면서 이름 붙여준 울음 우는

별로 가득하고

땅에 묻어주고 싶었던 하늘

우리 살던 옛집 지붕 근처까지

올라온 나무들은 바람이 불면

무거워진 나뭇잎을 흔들며 기뻐하고

우리들이 보는 앞에서 그해의 나이테를

아주 둥글게 그렸었다

우리 살던 옛집 지붕 위를 흘러

지나가는 별의 강줄기는

오늘밤이 지나면 어디로 이어지는지

그 집에서는 죽을 수 없었다

그 아름다운 천장을 바라보며 죽을 수 없었다

우리는 코피가 흐르도록 사랑하고

코피가 멈출 때까지 사랑하였다

바다가 아주 멀리 있었으므로

바다 쪽 그 집 벽을 허물어 바다를 쌓았고

강이 멀리 흘러나갔으므로

우리의 살을 베어내 나뭇잎처럼

강의 환한 입구로 띄우던 시절

별의 강줄기 별의

어두운 바다로 흘러가 사라지는 새벽

그 시절은 내가 죽어

어떤 전생으로 떠돌 것인가

알 수 없다

내가 마지막으로 그 집을 떠나면서

문에다 박은 커다란 못이 자라나

집 주위의 나무들을 못 박고

하늘의 별에다 못질을 하고

내 살던 옛집을 생각할 때마다

그 집과 나는 서로 허물어지는지도 모른다 조금씩

조금씩 나는 죽음 쪽으로 허물어지고

나는 사랑 쪽에서 무너져나오고

알 수 없다

내가 바다나 강물을 내려다보며 죽어도

어느 밝은 별에서 밧줄 같은 손이

내려와 나를 번쩍

번쩍 들어올릴는지

뻘
같은
그리움

문태준

♀
그립다는 것은 당신이 언젠가
돌로 풀을 눌러놓았었다는 얘기

그립다는 것은 당신이 조개처럼 아주 천천히 뻘흙을 토해
내고 있다는 말

그립다는 것은 당신이 언젠가 돌로 풀을 눌러놓았었다는
얘기

그 풀들이 돌을 슬쩍슬쩍 밀어올리고 있다는 얘기

풀들이 물컹물컹하게 자라나고 있다는 얘기

우
산

박연준

☂
온몸을 접은 채, 그 많은 비들을 추억하며

우산은 너무 오랜 시간은 기다리지 못한다

이따금 한번씩은 비를 맞아야

동그랗게 휜 척추들을 깨우고, 주름을 펼 수 있다

우산은 많은 날들을 집 안 구석에서 기다리며 보낸다

눈을 감고, 기다리는 데 마음을 기울인다

벽에 매달린 우산은, 많은 비들을 기억한다

머리꼭지에서부터 등줄기, 온몸 구석구석 핥아주던

수많은 비의 혀들, 비의 투명한 율동을 기억한다

벽에 매달려 온몸을 접은 채,

그 많은 비들을 추억하며

그러나 우산은, 너무 오랜 시간은 기다리지 못한다

피
서

안 태 운

☿
빈 우주에서 나는 독백하는 배역을 맡았다

마찰하는 것에는 보풀이 일었다 자주 스위치를 껐다 켰고 비누에는 균열이 생겼다 비나 내렸으면 그러나 햇빛이 부서져 내렸다 파이프는 계속 뼈 소리를 냈고 하늘에는 버짐이 피어나고 있었다 너는 비틀어진 선로였다 그러니 이탈할 것 여러 번 다짐을 했고 면벽했다 여분의 무게로 나무는 흔들리고 있었다 무언가 자주 간섭했고 그러나 그것이 쉽게 떠오르지 않았다 출구가 전환되고 있었다 청과점 앞에는 아지랑이가 오래 정체했다 네 동공은 우주 같았고 그러나 빈 우주에서 나는 독백하는 배역을 맡았다 또 한 편의 여름이 재생되었다 나는 일상을 적지 않았다

높새바람같이는

이영광

☿
당신과 함께라면 내가,
자꾸 내가 좋아지던 시절이 있었네

나는 다시 넝마를 두르고 앉아 생각하네

당신과 함께 있으면, 내가 좋아지던 시절이 있었네

내겐 지금 높새바람같이는 잘 걷지 못하는 몸이 하나 있고,

높새바람같이는 살아지지 않는 마음이 하나 있고

문질러도 피 흐르지 않는 생이 하나 있네

이것은 재가 되어가는 파국의 용사들

여전히 전장에 버려진 짐승 같은 진심들

당신은 끝내 치유되지 않고

내 안에서 꼿꼿이 죽어가지만,

나는 다시 넝마를 두르고 앉아 생각하네

당신과 함께라면 내가, 자꾸 내가 좋아지던 시절이 있었네

겹

김경미

�
당신을 버린 나와
나를 버린 당신이

1

저녁 무렵 때론 전생의 사랑이 묽게 떠오르고

지금의 내게 수련꽃 주소를 옮겨놓은 누군가가 자꾸 울먹이고

내가 들어갈 때 나가는 당신 뒷모습이 보이고

여름 내내 소식 없던 당신, 창 없는 내 방에서 날마다 기다렸다 하고

2

위 페이지만 오려내려 했는데 아래 페이지까지 함께 베이고

나뭇잎과 뱀그물, 뱀그물과 거미줄, 거미줄과 눈동자, 혹은 구름과 모래들, 서로 무늬를 빚지거나 기대듯

지독한 배신밖에는 때로 사랑 지킬 방법이 없고

3

그러므로 당신을 버린 나와

나를 버린 당신이 세상에서 가장 청순하고 가련하고

늘 죽어 있는 세상을 흔드는 인기척에 놀라 저만치 달
아나는 백일홍의 저녁과

아주 많이 다시 태어나도 죽은 척 내게로 와 겹치는 당
신의 무릎이 또한 그러하고

목
포
항

김 선 우

아무도 사랑하지 못해 아프기보다
열렬히 사랑하다 버림받게 되기를

돌아가야 할 때가 있다

막배 떠난 항구의 스산함 때문이 아니라

대기실에 쪼그려앉은 노파의 복숭아 때문에

짓무르고 다친 것들이 안쓰러워

애써 빛깔 좋은 과육을 고르다가

내 몸속의 상처 덧날 때가 있다

먼 곳을 돌아온 열매여,

보이는 상처만 상처가 아니어서

아직 푸른 생애의 안뜰 이토록 비릿한가

손가락을 더듬어 심장을 찾는다

가끔씩 검불처럼 떨어지는 살비늘

고동소리 들렸던가 사랑했던가

가슴팍에 수십개 바늘을 꽂고도

상처가 상처인 줄 모르는 제웅처럼

피 한방울 후련하게 흘려보지 못하고

휘적휘적 가고 또 오는 목포항

아무도 사랑하지 못해 아프기보다

열렬히 사랑하다 버림받게 되기를

떠나간 막배가 내 몸속으로 들어온다

오
이
지

신미나

우
꿈속에서도
그런 게 미안했다

헤어진 애인이 꿈에 나왔다

물기 좀 짜줘요
오이지를 베로 싸서 줬더니
꼭 눈덩이를 뭉치듯
고들고들하게 물기를 짜서 돌려주었다

꿈속에서도
그런 게 미안했다

화양연화(花樣年華)

김사인

모든 좋은 날들은 흘러가는 것 잃어버린 주홍 머리핀
처럼 물러서는 저녁 바다처럼. 좋은 날들은 손가락 사이
로 모래알처럼 새나가지 덧없다는 말처럼 덧없이, 속절없
다는 말처럼이나 속절없이. 수염은 희끗해지고 짓궂은 시
간은 눈가에 내려앉아 잡아당기지. 어느덧 모든 유리창엔
먼지가 앉지 흐릿해지지. 어디서 끈을 놓친 것일까. 아무
도 우리를 맞당겨주지 않지 어느날부터. 누구도 빛나는 눈
으로 바라봐주지 않지.

　　눈멀고 귀먹은 시간이 곧 오리니 겨울 숲처럼 더는 아
무것도 애닯지 않은 시간이 다가오리니

　　잘 가렴 눈물겨운 날들아.
　　작은 우산 속 어깨를 겯고 꽃장화 탕탕 물장난 치며
　　슬픔 없는 나라로 너희는 가서
　　철모르는 오누인 듯 살아가거라.
　　아무도 모르게 살아가거라.

사랑에 대한 짤막한 질문

최금진

우
나는 당신의 무엇이었을까

차는 계곡에서 한달 뒤에 발견되었다

꽁무니에 썩은 알을 잔뜩 매달고 다니는

가재들이 타이어에 달라붙어 있었다

너무도 완벽했으므로 턱뼈가 으스러진 해골은

반쯤 웃고만 있었다

접근할 수 없는 내막으로 닫혀진 트렁크의

수상한 냄새 속으로 파리들이 날아다녔다

움푹 꺼진 여자의 눈알 속에 떨어진 담뱃재는

너무도 흔해빠진 국산이었다

함몰된 이마에서 붉게 솟구치다가 말라갔을

여자의 기억들은 망치처럼 단단하게 굳었다

흐물거리는 지갑 안에 접혀진 메모 한장

'나는 당신의 무엇이었을까'

헤벌어진 해골의 웃음이

둘러싼 사람들을 물끄러미 올려다보고 있었다

나는 무엇, 무엇이었을까…… 메아리가

축문처럼 주검 위에 잠시 머물다가 사라져갔다

여름

조연호

🜨
추락하는 여름이다
멍청한 짓을 하며 너를 잊고 있다

낭떠러지의 여름이다

여름마다 여름을 뒤돌아보는 것이 피곤했지

나를 그네라고 부르는 그 사람은 머리를 사슬로 감아주자
여름마다 자기를 흔들어도 좋다고 말했다

추락하는 여름이다

팔다리가 달린 검정과 놀았지만 혼자서 했던 연애

나도 허공이었던 것을 너만큼 변심으로 내 발등에 엎지를
줄 안다

천박한 짓을, 자아보다 못한 짓을 땀샘과 모공으로 채우며

지금은 덩굴손이 붙잡는 것을 윤회의 크기라고 생각하며

네가 흔든 것을 내가 흔들렸던 것으로 비교하는 멍청한
짓을 하며

너를 잊고 있다

세
상
끝
등
대

1

박 준

⚲
먼 바다를 짚어가며
작은 섬들의 이름을 말해주던 당신

내가 연안(沿岸)을 좋아하는 것은 오래 품고 있는 속마음을 나에게조차 내어주지 않는 일과 비슷하다 비켜가면서 흘러들어오고 숨으면서 뜨여오던 그날 아침 손끝으로 먼 바다를 짚어가며 잘 보이지도 않는 작은 섬들의 이름을 말해주던 당신이 결국 너머를 너머로 만들었다

그 여름의 끝

이성복

나의 절망은 장난처럼 붉은 꽃들을 매달았지만

그 여름 나무 백일홍은 무사하였습니다 한차례 폭풍에도 그다음 폭풍에도 쓰러지지 않아 쏟아지는 우박처럼 붉은 꽃들을 매달았습니다.

그 여름 나는 폭풍의 한가운데 있었습니다 그 여름 나의 절망은 장난처럼 붉은 꽃들을 매달았지만 여러 차례 폭풍에도 쓰러지지 않았습니다.

넘어지면 매달리고 타올라 불을 뿜는 나무 백일홍 억센 꽃들이 두어 평 좁은 마당을 피로 덮을 때, 장난처럼 나의 절망은 끝났습니다

작별

주하림

나는 그것들과 작별해도 되는 걸까
하지만 나는 그것을 향해 가요
—배수아 「북쪽 거실」

♀
나는 사라지기 위해 살았다
사랑이 힘이 되지 않던 시절

혐오라는 말을 붙여줄까

늘 죽을 궁리만 하던 여름날

머리를 감겨주고 등 때도 밀어주며

장화를 신고 함께 걷던 애인조차 떠났을 때

나는 사라지기 위해 살았다

발 아픈 나의 애견이 피 묻은 붕대를 물어뜯으며 운다

그리고 몸의 상처를 확인하고 있는 내게 저벅저벅 다

가와

간신히 쓰러지고는,

그런 이야기를 사람의 입을 빌려 말할 것만 같다

'세상의 어떤 발소리도 너는 닮지 못할 것이다'

네가 너는 아직도 어렵다는 얘기를 꺼냈을 때

나는 우리가 한번이라도 어렵지 않은 적이 있냐고 되물

었다

사랑이 힘이 되지 않던 시절

길고 어두운 복도

우리를 찢고 나온 슬픈 광대들이

난간에서 떨어지고, 떨어져 살점으로 흩어지는 동안

그러나 너는 이상하게

내가 손을 넣고 살며시 기댄 사람이었다

언젠가 너를
잊은 적이 있다

개 같은 가을이

최승자

☿
어디만큼 왔나 어디까지 가야
강물은 바다가 될 수 있을까

개 같은 가을이 쳐들어온다.

매독 같은 가을.

그리고 죽음은, 황혼 그 마비된

한쪽 다리에 찾아온다.

모든 사물이 습기를 잃고

모든 길들의 경계선이 문드러진다.

레코드에 담긴 옛 가수의 목소리가 시들고

여보세요 죽선이 아니니 죽선이지 죽선아

전화선이 허공에서 수신인을 잃고

한번 떠나간 애인들은 꿈에도 다시 돌아오지 않는다.

그리고 그리고 괴어 있는 기억의 폐수(廢水)가

한없이 말 오줌 냄새를 풍기는 세월의 봉놋방에서

나는 부시시 죽었다 깨어난 목소리로 묻는다.

어디만큼 왔나 어디까지 가야

강물은 바다가 될 수 있을까.

우리는 이렇게 살겠지

신용목

언제나 그대로인 기다림으로
우리는 이렇게 살겠지

우리는 이렇게 살겠지

공원 벤치에

누워서 바라보면 구름의 수염 같은 나뭇잎들 누워서 바라
보면

하얗게 떨어지는 별의 비듬들

누워서 바라보며

칼자루처럼

지붕에 꽂혀 있는 붉은 십자가와

한켠에 가시넝쿨로 모여 앉아 장미 같은 담뱃불 뒤에서
맥주를 홀짝이는 어린 연인들의

눈치를 살피며

우리는 이렇게 살겠지

버려진 매트리스에 붙은 수거용 스티커를 바라보며 한때
의 푹신한 섹스를 추억하며

일주일에 한번씩 종량제 봉투를 꾹꾹 눌렀던 손을 씻으며
거울을 바라보는 얼굴로

어느 저녁엔 시를 써볼까

어둠속에서 자라는 환한 그림자를 밤의 기둥에 쿵쿵 머

리로 박으며

　방 없는 문을 달고 싶다고

　벽 없는 창을 내고 싶다고

　이상하게 생각할까봐

　오래 눕지도 못하는 공원 벤치 빨간색 파란색 노란색
으로 칠한 조립식 무지개처럼

　우리는 이렇게 살겠지

　별이 진다 깨진 어둠으로 그어 밤은 상처로 벌어지고
여태 오지 않은 것들은 결국 오지 않는다는 걸

　알면서도

　언제나 그대로인 기다림으로

　우리는 이렇게 살겠지

　너는 환하게 벌어진 밤의 상처를 열고 멀리 떠났으니까

　나는 별들의 방울 소리를 따 주머니에 넣었으니까

　바람 불 때마다 방울 소리 그러나

　나는

　비겁하니까

스물몇살의 겨울

도종환

첫눈이 오기 전에 죽고 싶었다

나는 바람이 좋다고 했고 너는 에디뜨 삐아프가 좋다고 했다 나는 억새가 부들부들 떨고 있는 늦가을 강가로 가자고 했고 너는 바이올린 소리 옆에 있자고 했다 비루하고 저주받은 내 운명 때문에 밤은 깊어가고 너는 그 어둠을 목도리처럼 칭칭 감고 내 그림자 옆에 붙어 서 있었다

너는 카바이드 불빛 아래 불행한 가계를 내려놓고 싶어했고 나는 독한 술을 마셨다 너는 올해도 또 낙엽이 진다고 했고 나는 밤하늘의 별을 발로 걷어찼다 이렇게 될 줄 알면서 너는 왜 나를 만났던 것일까 이렇게 될 줄 알면서 우리는 왜 헤어지지 않았던 것일까

사랑보다 더 지독한 형벌은 없어서 낡은 소파에서 너는 새우잠을 자고 나는 딱딱하게 굳은 붓끝을 물에 적시며 울었다 내가 너를 버리려 해도 가난처럼 너는 나를 떠나지 않았고 네가 절망의 영토를 떠났다고 해서 절망이 너를 떠나지 않는 것인 줄 그때는 몰랐다 서른을 넘기고도 어떻게 얼굴을 들고 살 수 있을지 막막한 겨울이었다

이제 너는 없고 나만 남아 견디는 욕된 날들 가을은 해마다 찾아와 나를 후려치고 그럴 때면 첫눈이 오기 전에 죽고 싶었다 나는 노을이 좋다고 했고 너는 목탄화가 좋다고 했다 나는 내 울음으로 피리를 불고 싶다고 했고 너는 따뜻한 살 속에 시린 손을 넣고 싶다고 했다 오늘도 어김없이 밤은 찾아오고 오늘도 운명처럼 바람은 부는데 왜 어디에도 없는가, 너는

아
침
식
사

자끄 프레베르

♀
빗속으로 한마디 말도 없이

그는 커피잔에

커피를 따랐지

그는 커피잔에

우유를 부었지

그는 우유 탄 커피에

설탕을 넣었지

그는 작은 스푼으로

커피를 저었지

그는 커피를 마시고

잔을 내려놓았지

말 한마디 하지 않고

그는 담배에

불을 붙였지

그는 담배 연기로

동그라미를 만들었지

그는 재떨이에

재를 털었지

내게 말 한마디 하지 않고

내게 눈길 한번 주지 않고

그는 일어섰지

그는 머리에 모자를 썼지

비가 내리고 있었기 때문에

비옷을 걸쳐 입었지

그리고 그는 떠났지

빗속으로 한마디 말도 없이

나를 쳐다보지도 않고

그래서 나는

두 손에 얼굴을 파묻고

울었지

언젠가 너를 사랑한 적이 있다

남진우

언젠가 너를 잊은 적이 있다
그런 나를 한번도 사랑할 수 없었다

그리고 아주 오랜 시간이 흐른 어느날

낡은 수첩 한구석에서 나는 이런 구절을 읽게 되리라

언젠가 너를 사랑한 적이 있다

그랬던가

너를 사랑해서

너를 그토록 사랑해서

너 없이 살아갈 세상을 상상할 수조차 없어서

너를 사랑한 것을 기필코 먼 옛날의 일로 보내버려야만

했던 그날이

나에게 있었던가

언젠가 너를 사랑한 적이 없다고 한사코 생각하는 내가

이토록 낯설게 마주한 너를

나는 다만 떠올릴 수 없어서

낡은 수첩 한구석에 밀어넣은 그 말을 물끄러미 들여다

본다

언젠가 너를 사랑한 적이 있다

그 말에 줄을 긋고 이렇게 새로 적어넣는다

언젠가 너를 잊은 적이 있다

그런 나를 한번도 사랑할 수 없었다

눈물의
중력

신철규

위
어떤 눈물은 너무 무거워서 엎드려 울 수밖에 없다

십자가는 높은 곳에 있고
밤은 달을 거대한 숟가락으로 파먹는다

한 사람이 엎드려서 울고 있다

눈물이 땅속으로 스며드는 것을 막으려고
흐르는 눈물을 두 손으로 받고 있다

문득 뒤돌아보는 자의 얼굴이 하얗게 굳어갈 때
바닥 모를 슬픔이 눈부셔서 온몸이 허물어질 때

어떤 눈물은 너무 무거워서 엎드려 울 수밖에 없다

눈을 감으면 물에 불은 나무토막 하나가 눈 속을 떠다닌다

신이 그의 등에 걸터앉아 있기라도 하듯
그의 허리는 펴지지 않는다

못 박힐 손과 발을 몸 안으로 말아넣고
그는 돌처럼 단단한 눈물방울이 되어간다

밤은,
달이 뿔이 될 때까지 숟가락질을 멈추지 않는다

가을

함민복

당신 생각을 켜놓은 채

당신 생각을 켜놓은 채 잠이 들었습니다

북한강에서

정호승

☝
너를 보내고 나니 꽃이 진다

너를 보내고 나니 눈물 난다

다시는 만날 수 없는 날이 올 것만 같다

만나야 할 때에 서로 헤어지고

사랑해야 할 때에 서로 죽여버린

너를 보내고 나니 꽃이 진다

사는 날까지 살아보겠다고

기다리는 날까지 기다려보겠다고

돌아갈 수 없는 저녁 강가에 서서

너를 보내고 나니 해가 진다

두번 다시 만날 날이 없을 것 같은

강 건너 붉은 새가 말없이 사라진다

지금 오는 이 이별은

박규리

☂
다 져서 오는 사랑
다 져서 질 수도 없는 이별

이 나이에 오는 사랑은

다 져서 오는 사랑이다

뱃속을 꾸르럭거리다

목울대도 넘지 못하고

목마르게 내려앉는 사랑이다

이 나이에 오는 이별은

멀찍이 서서

건너지도 못하고

되돌이키지도 못하고

가는 한숨 속에 해소처럼 끊어지는 이별이다

지금

오는

이

이별은

다 져서 질 수도 없는 이별이다

한
로 (寒露)

이상국

⚲
어떻게 사나 걱정했는데
아프니까 좋다

가을비 끝에 몸이 피라미처럼 투명하다

한 보름 앓고 나서
마당가 물수국 보니
꽃잎들이 눈물 자국 같다

날마다 자고 일어나면
어떻게 사나 걱정했는데

아프니까 좋다
헐렁한 옷을 입고

나뭇잎이 쇠는 세상에서 술을 마신다

귀
가
서
럽
다

이대흠

♀
슬픔을 아는 자는 황혼을 보네

강물은 이미 지나온 곳으로 가지 않나니

또 한 해가 갈 것 같은 시월쯤이면

문득 나는 눈시울이 붉어지네

사랑했던가 아팠던가

목숨을 걸고 고백했던 시절도 지나고

지금은 다만

세상으로 내가 아픈 시절

저녁은 빨리 오고

슬픔을 아는 자는 황혼을 보네

울혈 든 데 많은 하늘에서

가는 실 같은 바람이 불어오느니

국화꽃 그림자가 창에 어리고

향기는 번져 노을이 스네

꽃 같은 잎 같은 뿌리 같은

인연들을 생각하거니

귀가 서럽네

해
지
는
쪽
으
로

박정만

�།
나마저 없는 저쪽

해 지는 쪽으로 가고 싶다.

들판에 꽃잎은 시들고.

나마저 없는 저쪽 산마루.

그믐으로 가는 검은 말

이제니

쓸모없는 아름다움만이
우리를 구원할 것이다

꿈을 꾸고 있었다

구두를 잃어버린 사람이 울고 있었다

북해의 지명을 수첩에 적어넣었다

일광의 끝을 따라 죽은 사람처럼 걸었다

어디로 가는지 알 수 없었다

그 밤 전무한 추락처럼 검은 새는 날아올랐다

언덕에 앉아 휘파람을 불고 있었다

휘파람을 불려고 애쓰는 사이

그사이

흉터에 대한 기억이 떠올랐다

그것은 너의 손목에 그어진 열십자의 상처였다

한번 울고 한번 절할 때 너의 이마는 어두워졌다

쓸모없는 아름다움만이 우리를 구원할 것이다

바닥에 앉아 꽃을 파는 중국인 자매를 보았다

모로코나 알제리 사람인지도 모르지

이미 죽은 사람들이라고 생각했다

당신에게 말할 수 없습니다

비밀을 지킬 수 있습니까

저는 그렇게 생각하지 않습니다

네가 누군가를 비난할 때 그것이 너 자신의 심장을 겨

눌 때

거리의 싸구려 과육과 관용을 함부로 사들일 때

나는 그것이 네가 병드는 방식인 줄을 몰랐다

말수가 줄어들듯이 너는 사라졌다

네가 사라지자 나도 사라졌다

작별인사를 하지 않는 것은 발설하지 않은 문장으로

너와 내가 오래오래 묶여 있기를 바라기 때문이다

잊혀진 줄도 모른 채로 잊혀지지 않기 위함이다

제 말을 끝까지 들어보세요

할 수 있는 것은 하겠습니다

창문을 좀 열어도 되겠습니까

문이 잠겨서 들어갈 수 없습니다

그 밤 우리는 둥글고 검은 것처럼 사라졌다

문장 사이의 간격이 느슨해지듯 우리는 사라졌다

누구도 우리의 얼굴을 기억하지 못했다

그리운 차마 그리운

고
라
니

고영

♀
문득 몹쓸 짓처럼 한 사람이 그리워졌다

마음이 술렁거리는 밤이었다

수수깡이 울고 있었다

문득, 몹쓸 짓처럼 사람이 그리워졌다

모가지 길게 빼고

설레발로 산을 내려간다

도처에 깔린 달빛 망사를 피해

오감만으로 지뢰밭 지난다

내 몸이지만 내 몸이 아닌 네 개의 발이여

방심하지 마라

눈앞에 있는 올가미가

눈 밖에 있는 올가미를 깨운다

먼 하늘 위에서 숨통을 조여오는

그믐달 눈꼴

언제나 몸에 달고 살던 위험이여

누군가 분명 지척에 있다

문득 몹쓸 짓처럼 한 사람이 그리워졌다

수수깡이 울고 있었다

벽
속
의
편
지 　　— 눈을 맞으며

강은교

우
그대를 지나서
그대를 생각하듯이

눈을 맞으며 비로소

눈을 생각하듯이

눈을 밟으며 비로소

길을 생각하듯이

그대를 지나서 비로소

그대를 생각하듯이.

강

황인숙

♀
강가에서는 우리
눈도 마주치지 말자

당신이 얼마나 외로운지, 얼마나 괴로운지,

미쳐버리고 싶은지 미쳐지지 않는지*

나한테 토로하지 말라

심장의 벌레에 대해 옷장의 나방에 대해

찬장의 거미줄에 대해 터지는 복장에 대해

나한테 침도 피도 튀기지 말라

인생의 어깃장에 대해 저미는 애간장에 대해

빠개질 것 같은 머리에 대해 치사함에 대해

웃겼고, 웃기고, 웃길 몰골에 대해

차라리 강에 가서 말하라

당신이 직접

강에 가서 말하란 말이다

강가에서는 우리

눈도 마주치지 말자.

*   이인성의 소설 제목 '미쳐버리고 싶은, 미쳐지지 않는'에서 차용.

벙어리······장갑

김민정

☥
사랑할 때 우리의 손은 늘 한 손깍지였다

사랑할 때 우리의 입은 늘 한목소리였다 사랑할 때 우리의 손은 늘 한 손깍지였다 그로부터 벙어리장갑 한 짝이 내 것이라 배달되었을 때 나의 두 심장은 박수 치는 심벌즈처럼 골 때리는 콤비였다 이는 내 것이 아니었으므로 아나 개야, 개나 물어뜯을 놀잇감 준비하느라 오래도록 당신 참 수고하셨겠다, 죽어라 그니까 개 줄라고

목
도
리

박성우

♀
생각을 멈춘다 애인도 손을 풀고는 사라진다

뜨개질 목도리를 하고 가만히 앉아 있으면 왠지 애인이 등 뒤에서 내 목을 감아올 것만 같다 생각이 깊어지면, 애인은 어느새 내 등을 안고 있다 가늘고 긴 팔을 뻗어 내 목을 감고는 얼굴을 비벼온다 사랑해, 가늘고 낮은 목소리로 귓불에 입김을 불어넣어온다 그러면 나는 그녀가 졸린 눈을 비비며 뜨개질했을 밤들을 생각한다 일터에서 몰래 뜨다가 걸려 혼쭐이 났다는 말을 떠올리며 뭐 하러 그렇게까지 해 그냥 하나 사면 될걸 가지구, 라고 나는 혼잣말을 한다 그러다가는 내 목에 감겨 있는 목도리는 헤어진 그녀가 내게 마지막으로 선물한 것이라는 것에서 생각을 멈춘다 애인도 손을 풀고는 사라진다

폭설,
민박,
편지
1

— 「죽음의 섬 (die toteninsel)」,
  목판에 유채, 80×150cm, 1886

김경주

☿
위독한 사생활들이
편지지의 옆구리에서 폭설이 되었다

주전자 속엔 파도 소리들이 끓고 있었다

바다에 오래 소식 띄우지 못한

귀먹은 배들이 먼 곳의 물소리를 만지고 있었다

심해 속을 건너오는 물고기 떼의 눈들이

꽁꽁 얼고 있구나 생각했다

등대의 먼 불빛들이 방 안에 엎질러지곤 했다

나는 그럴 때마다 푸른 멀미를 종이 위에 내려놓았다

목단 이불을 다리에 말고

편지(片紙)의 잠을 깨워나가기 시작했다

위독한 사생활들이 편지지의 옆구리에서 폭설이 되었다

쓰다 만 편지들이 불행해져갔다

빈 술병들처럼 차례로

그리운 것들이 쓰러지면

혼자선 폐선을 끽끽 흔들다가 돌아왔다

외로웠으므로 편지 몇 통 더 태웠다

바다는 화덕처럼 눈발에 다시 끓기 시작하고

방 안에 앉아 더운 수돗물에 손을 담그고 있으면

몸은 핏속에서 눈물을 조용히 번식시켰다

이런 것이 아니었다 생각할수록

떼죽음 당하는 내면들,

불면은 몸속에 떠 있는 눈들이

꿈으로 내려가고 있다는 건가

눈발은 마을의 불빛마저 하나씩 덮어가는데

사랑한다 사랑한다 그 안 보인다는 혹성 곁에

아무도 모르는 무한(無限)을 그어주곤 하였다

흰
바람벽이
있어

백석

외롭고 높고 쓸쓸하니 살어가도록

오늘 저녁 이 좁다란 방의 흰 바람벽에

어쩐지 쓸쓸한 것만이 오고 간다

이 흰 바람벽에

희미한 십오촉(十五燭) 전등이 지치운 불빛을 내어던지고

때 글은 다 낡은 무명샤쯔가 어두운 그림자를 쉬이고

그리고 또 달디단 따끈한 감주나 한잔 먹고 싶다고 생

각하는 내 가지가지 외로운 생각이 헤매인다

그런데 이것은 또 어인 일인가

이 흰 바람벽에

내 가난한 늙은 어머니가 있다

내 가난한 늙은 어머니가

이렇게 시퍼러둥둥하니 추운 날인데 차디찬 물에 손은

담그고 무이며 배추를 씻고 있다

또 내 사랑하는 사람이 있다

내 사랑하는 어여쁜 사람이

어늬 먼 앞대 조용한 개포가의 나즈막한 집에서

그의 지아비와 마조 앉어 대구국을 끓여놓고 저녁을 먹

는다

벌써 어린것도 생겨서 옆에 끼고 저녁을 먹는다

그런데 또 이즈막하야 어늬 사이엔가

이 흰 바람벽엔

내 쓸쓸한 얼골을 쳐다보며

이러한 글자들이 지나간다

— 나는 이 세상에서 가난하고 외롭고 높고 쓸쓸하니

살어가도록 태어났다

그리고 이 세상을 살어가는데

내 가슴은 너무도 많이 뜨거운 것으로 호젓한 것으로

사랑으로 슬픔으로 가득 찬다

그리고 이번에는 나를 위로하는 듯이 나를 울력하는

듯이

눈질을 하며 주먹질을 하며 이런 글자들이 지나간다

— 하눌이 이 세상을 내일 적에 그가 가장 귀해하고 사

랑하는 것들은 모두

가난하고 외롭고 높고 쓸쓸하니 그리고 언제나 넘치는

사랑과 슬픔 속에 살도록 만드신 것이다

초생달과 바구지꽃과 짝새와 당나귀가 그러하듯이

그리고 또 '프랑시쓰 쨈'과 도연명(陶淵明)과 '라이넬 마

리아 릴케'가 그러하듯이

그
리
움

이용악

ቶ
그리운 곳 차마 그리운 곳
눈이 오는가 북쪽엔

눈이 오는가 북쪽엔

함박눈 쏟아져 내리는가

험한 벼랑을 굽이굽이 돌아간

백무선 철길 우에

느릿느릿 밤새어 달리는

화물차의 검은 지붕에

연달린 산과 산 사이

너를 남기고 온

작은 마을에도 복된 눈 내리는가

잉크병 얼어드는 이러한 밤에

어쩌자고 잠을 깨어

그리운 곳 차마 그리운 곳

눈이 오는가 북쪽엔

함박눈 쏟아져 내리는가

지우개

이선영

☿
너를 지우는 일은
몸이 부서질 듯 나부터 지우는 일임을

내 몸에 선명하게 새겨진 너를,

내 몸속 생생한 기록이었던 너를,

오래도록 내 행복과 불행의 주문(呪文)이었던 너를

오늘 힘주어 지운다

사납게 너를 지우며

너와 섞여 내가 지워지는 이 참상

이제야 깨닫는다

너를 지우는 일은

몸이 부서질 듯

나부터 지우는 일임을

지워야 할 너의 자취만큼

내 몸엔 베어먹힌 사과의 퀭한 이빨자죽!

종이에서 그득 털어내는 나의 부재(不在)

빈
집

기형도

♀
사랑을 잃고 나는 쓰네

사랑을 잃고 나는 쓰네

잘 있거라, 짧았던 밤들아
창밖을 떠돌던 겨울안개들아
아무것도 모르던 촛불들아, 잘 있거라
공포를 기다리던 흰 종이들아
망설임을 대신하던 눈물들아
잘 있거라, 더 이상 내 것이 아닌 열망들아

장님처럼 나 이제 더듬거리며 문을 잠그네
가엾은 내 사랑 빈집에 갇혔네

너를 보내는 숲

안희연

♀
실컷 울고 난 뒤에도
또렷한 것은 또렷한 것

빈방을 치우는 일부터 시작했다

놓을 줄도 알아야 한다는 말을 가슴에 돌처럼 얹고서

베개에 붙은 머리카락을 떼어내고

흩어진 옷가지들을 개키며

몇줄의 문장 속에 너를 구겨 담으려 했던 나를 꾸짖는다

실컷 울고 난 뒤에도

또렷한 것은 또렷한 것

이제 나는 시간을 거슬러

한 사람이 강이 되는 것을 지켜보려 한다

저기 삽을 든 장정들이 나를 향해 걸어온다

그들은 나를 묶고 안대를 씌운다

흙을 퍼 나르는

분주한 발소리

나는 싱싱한 흙냄새에 휘감겨 깜빡 잠이 든다

저기 삽을 든 장정들이 나를 향해 걸어온다

분명 잠이 들었던 것 같은데

사방에서 장정들이 몰려와

나를 묶고 안대를 씌운다

파고 파고 파고

심지가 타들어가듯

나는 싱싱한 흙냄새에 휘감겨 깜빡 잠이 든다

저기 삽을 든 장정들이 나를 향해 걸어온다

가만 보니 네 침대가 사라졌다

깜빡 잠이 든 사이

베개가 액자가 사라졌다

파고 파고 파고

누가 누구의 손을 끌고 가는지

잠 속에서 싱싱한 잠 속에서

나는 자꾸만 새하얘지고

창밖으로

너는 강이 되어 흘러간다

무릎을 끌어안고

천천히 어두워지는 자세가 씨앗이라면

마르지 않는 것은 아직

열려 있는 것

눈이 내리고

눈이 내리고

눈이 내린다

세상 모든 창문을

의미없이 바라볼 수 있을 때까지

먼
강물의
편지

박남준

☿
내 사랑도 그렇게
흘러갔다는 것을 안다

여기까지 왔구나

다시 들녘에 눈 내리고

옛날이었는데

저 눈발처럼 늙어가겠다고

그랬었는데

강을 건넜다는 것을 안다

되돌릴 수 없다는 것도 안다

그 길에 눈 내리고 궂은비 뿌리지 않았을까

한해가 저물고 이루는 황혼의 날들

내 사랑도 그렇게 흘러갔다는 것을 안다

안녕 내 사랑, 부디 잘 있어라

가물가물 불빛

최정례

오후
당신 나 잊고 나도 당신 잊고

당신과 이젠 끝이다 생각하고 갔어

가물가물 땅속으로 꺼져갔어

왕릉의 문 닫히고

석실 선반 위에 그 불빛

얼마 동안 펄럭였을까

왕이 죽고 왕비가 죽고

나란히 누운 그들

칼을 차고 금신발을 신고

저승 벌판을 헤맬 동안

그 불꽃 혼자 어떻게 떨었을까

당신 나 끝이야

이젠 우리 죽은 거야

가물가물 마지막 불빛 사윈 다음

또 몇 세기를 캄캄히 떠내려갈까

금관도 옥대도 비스듬히 쓰러졌지

다 무너지고 무너져서

왕비 어금니 하나 반짝 눈떴지

얼마를 헤매게 될까
당신이 있는 세상 거기
그래도 봄이면 새풀 돋겠지
삐죽삐죽 솟고 무성해지다
냇물은 소리치며 돌아 내려가겠지
당신 나 잊고 나도 당신 잊고

● 작품 출전

강성은　「기일(忌日)」, 『단지 조금 이상한』(문학과지성사 2013)

강은교　「벽 속의 편지」, 『벽 속의 편지』(창비 1992)

고 영　「고라니」, 『너라는 벼락을 맞았다』(문학세계사 2009)

기형도　「빈집」, 『입 속의 검은 잎』(문학과지성사 1989)

김경미　「겹」, 『고통을 달래는 순서』(창비 2008)

김경주　「폭설, 민박, 편지 1」, 『나는 이 세상에 없는 계절이다』
　　　　　(문학과지성사 2012/초판 랜덤하우스코리아 2006)

김 근　「바깥에게」, 『구름극장에서 만나요』(창비 2008)

김민정　「벙어리……장갑」, 『그녀가 처음, 느끼기 시작했다』(문학과지성사 2009)

김사인　「화양연화(花樣年華)」, 『어린 당나귀 곁에서』(창비 2015)

김선우　「목포항」, 『내 혀가 입 속에 갇혀 있길 거부한다면』(창비 2000)

김용택　「젖은 옷은 마르고」, 『키스를 원하지 않는 입술』(창비 2013)

나희덕　「어두워진다는 것」, 『어두워진다는 것』(창비 2001)

남진우　「언젠가 너를 사랑한 적이 있다」, 『사랑의 어두운 저편』(창비 2009)

도종환　「스물몇살의 겨울」, 『세시에서 다섯시 사이』(창비 2011)

문태준　「뻘 같은 그리움」, 『맨발』(창비 2004)

박규리　「지금 오는 이 이별은」, 『이 환장할 봄날에』(창비 2004)

박남준　「먼 강물의 편지」, 『적막』(창비 2005)

박성우　「목도리」, 『가뜬한 잠』(창비 2007)

박소란　「다음에」, 『심장에 가까운 말』(창비 2015)

박신규　「너는 봄이다」, 『그늘진 말들에 꽃이 핀다』(창비 2017)

박연준　「우산」, 『속눈썹이 지르는 비명』(창비 2007)

박정만　「해 지는 쪽으로」, 『그대에게 가는 길』(실천문학사 1988)

박 준　「세상 끝 등대 1」, 『당신의 이름을 지어다가 며칠은 먹었다』
　　　　　(문학동네 2012)

박형준　「봄비」, 『생각날 때마다 울었다』(문학과지성사 2011)

백 석　「흰 바람벽이 있어」, 『백석 시전집』(창비 1987)

송찬호　「찔레꽃」, 『고양이가 돌아오는 저녁』(문학과지성사 2009)

신대철　「바람불이 2」, 『누구인지 몰라도 그대를 사랑한다』(창비 2005)

신미나　「오이지」, 『싱고, 라고 불렸다』(창비 2014)

신용목   「우리는 이렇게 살겠지」, 『아무 날의 도시』(문학과지성사 2012)

신철규   「눈물의 중력」, 『지구만큼 슬펐다고 한다』(문학동네 2017)

안태운   「피서」, 『감은 눈이 내 얼굴을』(민음사 2016)

안희연   「너를 보내는 숲」, 『너의 슬픔이 끼어들 때』(창비 2015)

이대흠   「귀가 서럽다」, 『귀가 서럽다』(창비 2010)

이문재   「우리 살던 옛집 지붕」, 『내 젖은 구두 벗어 해에게 보여줄 때』
           (문학동네 2001/초판 민음사 1988)

이병률   「사랑의 역사」, 『바람의 사생활』(창비 2006)

이상국   「한로(寒露)」, 『어느 농사꾼의 별에서』(창비 2005)

이선영   「지우개」, 『일찍 늙으매 꽃꿈』(창비 2003)

이성복   「그 여름의 끝」, 『그 여름의 끝』(문학과지성사 1990)

이시영   「작별」, 『은빛 호각』(창비 2003)

이영광   「높새바람같이는」, 『아픈 천국』(창비 2010)

이용악   「그리움」, 『이용악 시전집』(문학과지성사 2018)

이제니   「그믐으로 가는 검은 말」, 『아마도 아프리카』(창비 2010)

이홍섭   「꽃 피지 않았던들」, 『강릉, 프라하, 함흥』(문학동네 2004)

장석남   「옛 노트에서」, 『지금은 간신히 아무도 그립지 않을 무렵』
           (문학과지성사 1995)

정호승   「북한강에서」, 『별들은 따뜻하다』(창비 1990)

조연호   「여름」, 『천문』(창비 2010)

주하림   「작별」, 『비벌리힐스의 포르노 배우와 유령들』(창비 2013)

천양희   「목이 긴 새」, 『너무 많은 입』(창비 2005)

최금진   「사랑에 대한 짤막한 질문」, 『새들의 역사』(창비 2007)

최승자   「개 같은 가을이」, 『이 시대의 사랑』(문학과지성사 1999)

최정례   「가물가물 불빛」, 『붉은 밭』(창비 2001)

함민복   「가을」, 『모든 경계에는 꽃이 핀다』(창비 1996)

황인숙   「강」, 『자명한 산책』(문학과지성사 2003)

황인찬   「무화과 숲」, 『구관조 씻기기』(민음사 2012)

자끄 프레베르   「아침 식사」, 『장례식에 가는 달팽이들의 노래』(문학판 2017)

사랑해도 혼나지 않는 꿈이었다

초판 1쇄 발행 2018년 4월 30일 | 초판 15쇄 발행 2024년 9월 6일

엮은이	**펴낸곳**
시요일	㈜미디어창비
펴낸이	**등록**
강일우	2009년 5월 14일
본부장	**주소**
윤동희	04004 서울 마포구 월드컵로12길 7
편집	**전화**
이하나 김민지	02-6949-0966
디자인	**팩시밀리**
로컬앤드	0505-995-4000
	홈페이지
	books.mediachangbi.com
ISBN	**전자우편**
979-11-86621-90-5 03810	mcb@changbi.com